AF349487

TENEVR DE LA NOVVELLE RESIOVISSANCE DES FRANCOIS, SVR la prosperité & felicité de Monseigneur le Dauphin.

Contenue en trois hymnes, diuers en leur cause, & toutes-fois tendans à vn mesme subiect.

A LYON,
PAR NICOLAS IVLLIERON.

M. D. CVI.
Auec Permission.

TENEVR DE LA NOVVELLE RESIOVIS-
SANCE DES FRANCOIS, SVR LA
prosperité & felicité de Monseigneur le Dauphin.

Contenue en trois hymnes, diuers en leur cause, & toutesfois tendans à vn mesme subiect.

COMME c'est vne chose naturelle, que lors qu'il aduient quelque bien à vn chef de famille, icelle s'en resiouit, & en meine ioye, comme celle laquelle participe à vn tel bien : Chose qui se peut r'apporter non seulement au regard d'vn peuple enuers son prince, d'vne republique enuers son magistrat : mais aussi au regard d'vn royaume enuers son roy : & mesmement, tout ainsi cóme nous sommes desireux que nos princes, ou nos Magistrats, ou en general ceux qui ont la charge de nous gouuerner, soyent diligens & soigneux à maintenir nos droits & nos vies : La raison & le deuoir nous commande d'en faire de mesme enuers iceux, c'est assauoir, que nous nous esgayons en leur felicité, & soyons amateurs de leur prosperité, estans asseurez que de leur bien & de leur bon heur, ne nous peut arriuer que toute asseurance & soulagement : Chose de laquelle la France s'est tresbien souuenue, laquelle ayant desia plusieurs fois mené ioye pour la proſperité de ſon Roy, ne ſe peut aſſouuir de l'eſleuer au plus haut lieu de tous plaiſirs, ainſi qu'elle fait apparoiſtre à preſent, en reiterant la reſiouyſſance de la natiuité d'vn Dauphin, comme eſtant le fils d'vn Treſ-illuſtre & Tres-floriſſant Henry de Bourbon, Roy de France & de Nauarre, & d'vne Tres-vertueuſe mere, Marie de Medicis, la Royne. Laquelle reſiouyſſance s'eſt renouuelee en la celebration du ſainct Bapteſme diceluy Dauphin. Or n'ay-ie voulu icy repeter les ceremonies faictes en icelle celebration: mais ſeulement me ſuis contenté de repreſenter, comme les François recognoiſſent le benefice & la grace ſpeciale que Dieu leur a faicte en ces derniers temps, de les auoir anoblis, comme d'vn nouueau Soleil qui les illumine par la vehemence de ſes rayons, d'admirer vn Ieune Prince, qui deſia en l'Auril de ſon aage, a des ſentimens des aiguillons de vertus Chreſtiennes, leſquels donnent aiſément à cognoiſtre, qu'il continuera de mieux en mieux, veu le teſmoignage qu'il en a rendu, par lequel il demonſtre le chemin & la voye qu'il pretend tenir, c'eſt aſſauoir qu'il eſpere d'vn iour paruenir à vn royaume Celeſte, auquel ne ſont point à comparer toutes les grandeurs & hauteſſes de ce monde.

Nec quicquam virtute poteſt precioſius eſſe,
Nec cœli quicquam felicitate prius.

C'eſt à dire. Il n'y a choſe aucune plus precieuſe que la vertu, & n'y a rien qui ſoit à preferer à la beatitude du Ciel. Pour venir donques à l'entree de ceſte reſiouyſſance, nous la diuiſerons en trois parties, dont la premiere ſera, celle où la France, toute eſclattante de ioye, vient comme auec vn deſir inſatiable, pour faire reſonner ſon hymne de lieſſe &

de

de ioye, à cauſe de la naiſſance dudit Dauphin, le deſirant
croiſtre & auancer de plus en plus en la perfect:on de toutes vertus,& en l'augmentation de ſes grãdeurs & accom-
pliſſement de ſes delices. La ſeconde,ſera celle où,remplie
d'vne admiration pleine de gayeté de courage, elle rend
graces à Dieu d'auoir fait reſplendir ſur elle vne lumiere
de ſalut, qui eſt apparue en la foy d'iceluy,s'adreſſant auec
prieres à Dieu, à fin qu'il face florir ſon regne auec celuy
dudit Dauphin, comme, graces à Dieu, il florit encores en
la France, eſtant maintenu par vn pilote qui a voüé toutes
ſes forces à ce faire. La troiſieſme ſera,celle où d'vn ſouſpir
d'allegreſſe elle viendra à ſe reſiouyr en l'eſperance qu'elle
a d'vn Prince, qui en ſon aage d'enfance monſtre deſia des
couronnes, non ſeulement de Lys, mais auſſi de Lauriers,
poſees ſur ſon chef, comme eſtant rempli d'vne ferueur
d'eſprit à vertu, d'vn courage magnanime à ſuiure les tra-
ces & ſentiers de ſes anceſtres, à s'eſtudier à la force, con-
ſtance, debonnaireté & clemence de ce Tres-haut & puiſſant Roy Henry quatrieſme ſon pere. Nous viendrons
donc à la premiere, en laquelle eſt contenu c'eſt hymne de
reſiouyſſance ſur la natiuité d'iceluy Dauphin:

HYMNE PREMIER.

*C'eſt ores qu'il faudra que la France ſoit peinte
De Lys & de Lauriers ; ores vn' hyacinthe
Conurira de ſes fleurs l'entour de l'vniuers:
Les hymnes & chanſons ores d'vn chant diuers
Seront accompagnez d'vne ioye tres-ſainte:
Echo de nous ouyr ores ſera contrainte,
Et fera reſonner la rime de nos vers.
L'eſpinette & le Lut ne nous ſeront contiers.*

Accorde donc ton Lut & ta Harpe ô Orphee,
Et chante auecques nous c'est attendu trophee:
Vous Pans venez icy armez de vos haut-bois,
Qu'on face retentir vne authentique voix.
Ainsi que d'vn Phœbus la chaleur nous atterre,
Le renom d'vn Dauphin soit par toute la terre.
Ores que de ton Roy le propre fils est né,
France, dans ton enclos ce iour soit demené:
Soleil porte-clarté, redouble ta lumiere,
Qu'on voye resplendir sa iournee premiere,
Que la Lune aille aussi sur la terre esclairant,
Afin qu'en la clarté il aille triomphant:
Car desia lors que fust d'vn Dauphin la nouuelle,
Lors enfanta des ris la terre vniuerselle:
Ris qui durent encor & dureront tousiours,
Voire quand le Soleil ne feroit plus de iours.
Heureuse donc tel fils qui oncques fit la mere,
Heureux & plus qu'heureux le grand Henry son pere.
Or' que desireray-ie à monseigneur Dauphin?
Vne vie sans dueil, vn royaume sans fin.

Ce n'est pas en vain que la France s'esiouyt en ceste façon : car quand mesmes autant de mots fondroyent en hymnes & en chãsons, elle ne sçauroit assez admirer la vertu,
la grandeur, la clemence indicible, & la debonnaireté d'vn
si haut & puissant Roy comme le sien. Parquoy non ingra-
te elle a voulu icy reciter l'ardeur de la resiouyssance qu'elle a cüe, lors qu'il a pleu à Dieu de l'honorer, en ce qu'il luy
a donné celuy, duquel elle ne peut attendre autre chose, si-
non vne seconde esperance du maintien & conseruation
des estats de Frãce, laquelle à ceste occasion ne peut moins
faire, que de dire:

Henrici

Henrici quarti fouit ſpes vnica Gallos,
His quoque nunc nata eſt ſpes altera,&c.

c'eſt à dire : La ſeule eſperãce d'vn Roy Henry quatrieſme de ce nom à entretenu les François, & ores leur eſt né celuy ſur lequel ſera aſſiſe leur ſeconde eſperance. Et ce qui les induit encor d'auantage à ſe reſiouyr, c'eſt qu'ils ont veu ce ieune Prince Dauphin rendre teſmoignage de ſa foy, ſur laquelle & par le moyen de laquelle ils s'aſſeurent & eſperent qu'ils demeureront heureux en vn ſiecle de paix, ſans eſtre en danger de retomber en troubles, cóme voyans que deſia leur Roy eſt ſi benin & amateur de concorde, qu'il ne taſche, qu'à entretenir vne paix & vne felicité qui dure en ſon royaume, & qui plus eſt, a vn fils aupres de luy qui ſe ſtudie & ſe façonne aux bonnes meurs & vertus de ſon pere : & ia le Poëte ne mentiroit, qui diroit :

Sub iuga deuictos poſtquam mandauerat hoſtes,
  In regno voluit ſtaret vt vna quies :
Dúmque ſuos, Magnus, populos in pace regebat,
  Spem regis veri Rex dedit ipſe ſuis.

C'eſt à dire.

Ayant mis ſoubs ſon ioug ſes ennemis domptez,
Il a d'vn repos ferme aſſeuré ſes Citez :
Et tandis qu'en la paix, Grand, il auoit puiſſance
De tenir ſes ſubiects ſoubs ſon obeyſſance,
  Luy, qui eſt le grand Roy, leur donna vn eſpoir,
  D'vn vray Roy qui feroit vn grand Sceptre mouuoir.

L'experience ſe voit aſſez claire & veritable, de ce que diſoit vn ancien Romain : que la republique eſt ferme & ſtable,

ſtable,laquelle eſt gouuernee par des Magiſtrats , qui ſoyét eſtudieux de pourchaſſer la vertu & repouſſer le vice, le chaſſant loing : chaſtier ceux qui violent les bonnes & ſainctes loix,& qui ſont amateurs de paix,& qui,pour la garder en leur eſtat,font obſeruer les bonnes ordonnances, & recercher les bonnes mœurs , comme faiſoit iadis vn Lycurgus,lequel dóna de fort bonnes loix aux habitás de Sparte, par leſquelles il chaſſoit toute enuie & tous desbats qui ſe pouuoyent engendrer,& ,pour ceſt effect,ordonna, que les biens terriens ſeroyent eſgalement departis a vn chaſcun:& retrencha les trop grandes ſumptuoſitez des banquets que faiſoyent ordinairement les Lacedemoniens , voulant par cela donner à cognoiſtre que de là venoit ce meſchant vice d'oiſiueté, qui eſt la ſource de tous malheurs,& auſſi la ſtupidité & engourdiſſement qui ſe nourriſſoit parmy ces ſuperfluitez : Vn Solon auſſi en ſon temps eſtoit le conſeruateur des Atheniens,par le moyen de ſes belles ſentences par leſquelles il les inſtruiſoit, à ſon exemple, dimiter la vertu,entât que leur puiſſance s'y pouuoit eſtendre;diſant, que la ſeule obſeruation de vertu & de pieté,accompagnee de iuſtice entretenoit les Royaumes & Prouinces en paix: choſe indubitable.Mais où voulós nous trouuer des exemples plus notables que ceux leſquels nous voyons deuant nos yeux? Où voulons nous trouuer aucun Monarque qui ait iamais eſté ſi curieux de la vertu que noſtre Roy Henry quatrieſme? Où en trouuerons nous vn qui ait ſi bien conduit & maintenu ſes ſubjects en vne franchiſe de paix , que ceſtuy-cy? Lequel eſt-ce qui plus genereux apres auoir dompté ſes ennemis a ſceu rendre ſes ſubjects paiſibles & en tranquilité , faire obſeruer les bonnes loix & chaſtier ceux qui deſobeyſſent aux Edicts. Certainement on en a veu de grands , & de graues, on a veu des Cæſars preux &

vaillans

vaillans & accomplis en toutes perfections, remplis de clemence & de debonnaireté : Mais à bon droit peut-on dire
que ceftuy-cy eft le Cæfar des Cæfars , le Guerrier des
Guerriers,le Clement des Clemens,le Debonnaire des Debonnaire, le Vertueux des Vertueux, bref le Chreftien des
Chreftiens.   Pour reuenir doncques à ce que nous auons
dit par cy deuant, il faut que nous reprefentions cefte fe-
conde reiouyffance de la France,qu'elle demonftre en c'eft
hymne, fur la celebration du Sainct Baptefme de Monfei-
gneur le Dauphin, & renouuelle fes chants en cefte façon:

HYMNE SECOND.

Voicy doncques le iour qu'il faut qu'on fe demeine
Et pour vn fils de Roy la Mufe fe pourmeine:
Qu'on vienne ce beau iour enfemble celebrer,
Et la foy d'iceluy iufqu'au Ciel eflener:
Et que defia le Ciel foit lambriffé d'eftoiles,
La Mer de tous coftez foit remplie de voiles,
Pour voir le fils de Dieu auec le fils d'vn Roy,
Lequel fe ioint à luy & luy promet la foy.
Sus donc que l'on y vienne & qu'on entre en fon temple,
Que l'Angelique voix d'vn Dauphin'on contemple:
Angelique ie dy,car les Anges des Cieux
Lors de l'enuironner furent eftudieux,
Pour Dieu,venez icy vous chantres en Mufique:
Venez , accompagnez de la troupe Lyrique:
Au plus grand point d'honneur nous fommes auancez,
De la foy d'vn Dauphin eftre bien affeurez.
Puis donc,ô Roy des roys, que parmy ces trophees
Tu as rendu du tout nos ames affeurees,
Vueilles ce ieune Prince en vigueur maintenir,
Que fon royaume puiffe auec le tien florir:

Ses honneurs, ses grandeurs, ses vertus & nobleſſes
Vueilles luy accomplir, ainſi que tes promeſſes:
Iuſqu'à ce que ſa foy le moſte dans les Cieux,
Pour iouyr d'vn royaume à iamais glorieux.

Certainement nous voyons icy dequel courage s'efforce la France, pour demander & procurer l'heur & la felicité de ce Prince : Laquelle ne fait pas moins que faiſoyent i'adis les Troyens à leur Roy Ænee, leſquels par leurs inuocations ſolennelles, (admirans les vertus & la pieté d'iceluy, & voyans vn Aſcanius ſon fils s'auācer de iour en iour en beauté parfaicte, en grandeur de corps, en magnanimité & force de courage, de la vigueur duquel ils attendoyent des victoires gagnees ſur leurs ennemis :) le mettoyent & colloquoyent au rang des Dieux, & prediſoyent en leurs chanſons fatales, que du ſang d'iceluy Aſcanius deuoit venir vne race, qui baſtiroit les murs, & fonderoit le grand Empire Romain. Ce que de faict ont creu auſſi bien les Poëtes François, comme ont faict autres-fois les Grecs & Latins. Or la France ne ſe contéte pas de telles inuocations: d'autant qu'elle a vne eſperance encores plus valable que ceſte-la. Car, au lieu que ceux la eſtoyent Payens, & n'auoyent pas la cognoiſſance du vray Dieu, (ce qui les endurciſſoit en ceſte penſee obſtinee & toute pleine d'ignorance, qu'ils eſtimoyent que leurs Roys & leurs Princes, apres auoir finy le cours de leur vie en ce monde, eſtoyent deïfiez, les vns ayans plus grande puiſſance au Ciel, que les autres en terre: & les autres plus en terre, que d'autres qu'ils diſoyent eſtre au Ciel, & ſe forgeoyent des demidieux qui eſtoyent transformez en des Aſtres ou planettes,) Icelle France s'eſiouyſſant de la grace que Dieu a faicte tát à elle, comme à ſon Roy, de le recognoiſtre pour vray Dieu, ſeul

bon,

bon, ſeul ſage , & tout puiſſant : ne peut ſe promettre autre
choſe , ſinon vne eternelle benediction, &, tant à ſon Roy
d’apreſent, qu’à ſes poſterieurs, vne couronne inuincible, &
vne puiſſance admirable, pour dompter leurs ennemis. Ce
qui eſt tout manifeſte & qu’on voit reluire à preſent en la
perſonne du Roy Henry quatrieſme,

--cuius neſcit quanto ſit nomine dignum
    Numen, ait, regis Gallia magna ſui.

c’eſt à dire : Duquel la France dit , qu’elle ne ſçait de quel
nom l’appeler, qui ſoit accomparable à ſa proüeſſe: Et quoy
quelle employe icy tout ſon effort, à celebrer ſa renommee,
ne peut ſe contenter tant elle luy eſt affectionnee , & tãt eſt
grande la recognoiſſance qu’elle luy veut faire: comme elle
le monſtre aſſez par le ſouuenir qu’elle en a, quand elle dit,

Τόνγε φιλεῖ Θεὸς ἄνα ἀνδράσι πολλὸν ἀμείνω,
Ὄφρα διακρίνει δίκη, κλυτὰ πείρατα γαίης:
Κ’ αὐτὸς ταῦτα λέγει ἐν ψυχῇ βασιλεῦς μεγαλήτωρ,
Ὤμοι ἐγὼ μὲ μάκαρ⊙, ἐπεὶ τέκον ὗον ἄριστον.

Hoc eſt:

Diligit hunc meliorem alijs Deus, hunc mage multò,
Vt terræ fines meliores iudicet æquè.
Hæc quoque magnanimus Rex geſtat pectore dicta,
Heu me fœlicem, cuius genus optima proles!

c’eſt à dire : Dieu aime ceſtuy-cy, comme le plus vertueux
que les autres hommes, afin qu’il gouuerne & iuge en ron-
deur & equité les plus nobles fins de la terre. Et iceluy Roy

magnanime dit en ſon cœur ces paroles, O moy heureux,
qui ſuis le pere qui ay engendré des enfans genereux! Or
eſt il queſtion de commencer la fin de nos diſcours, en fai-
ſant reſonner les tant authentiques deſirs de la France, laquelle, inſatiable d'exalter & magnifier le los & honneur
de ceux par leſquels elle eſt maintenue en paix, pour l'ac-
compliſſement de ſa ioye, vient à ſeſgayer en l'eſperance
qu'elle a en la proſperité future d'vn vnique Dauphin. Et
cóme vne Roſe, lors qu'elle vient à s'eſpanouyr, donne vne
plus ſoiſue odeur, & ſe réd plus agreable à ceux qui en ſont
amateurs, & qui prennent plaiſir en la contemplaticn de ſa
beauté, qu'elle ne faiſoit pas ſentir auát qu'elle fuſt eſcloſe:
Ainſi la France apres auoir gouſté, combien ſont agreables
les preſents fruits de Chreſtienté qu'elle a cogneus en iceluy Dauphin, ſe promet qu'à l'aduenir il ſera comme le pi-
lier où elle s'appuyera, choſe qui eſt aiſee à cognoiſtre par
la grande affection de cœur qui ſe monſtre en ce dérnier
hymne:

HYMNE TROISIEME.

Autres-fois en vos chants, Nymphes, parmy vos prées,
D'Iule alliez chantant les braues deſtinees,
Et vn Anchiſiade auec ſes royautez
Rempliſſoit les deſirs de vos feſtiuitez,
Des Grecs vaillans guerriers la floriſſante race
Vous formoit des chanſons d'vne fort belle grace:
La France vous reclame, ores qu'vn demy-dieu
La gouuerne, & la garde, en tenant le milieu:
Nymphes, viendrez vous pas de chaſcune Prouince
Pour celebrer l'eſpoir qu'eſt en ce ieune Prince?

Ores

Ores au demy-dieu est né vn demy-roy,
Qui du tout le sera vn iour comme ie croy:
Venez ie vous supply à ce nouueau trophee,
Que la danse s'acheue auiourdhuy commencee.
Ainsi qu'on a peu voir vn Royaume vestu
Du vray patron des Rois de l'vnique vertu,
Soustenu de son art, maintenu par sa force,
Ayant de ses haineux fait esteindre l'amorce:
Ainsi d'vn seul Dauphin le secours attendu
Sera en son besoin incontinent tendu:
Il accroist, il vient grand en vertu & sagesse,
Qu'attendrons nous d'auoir vn iour de sa proüesse?
Vn conseil admirable, auec vne splendeur,
Qui accompagneront le iour de sa grandeur,
Sus donc de tous costez habitans de la terre,
Venez vous ioindre à luy pour sa grace conquerre:
C'est-cy où vous aurez toute la liberté
Que peut donner vn Prince en liberalité:
Luy qui des plus puissans ne craignant les armees,
Ira hardy veinqueur les rendre espouuantees:
Luy dy-ie qui estant amateur de la paix,
Faisant comme son pere aimera ses subiects:
Sa vertu soustiendra la France florissante,
Malgré tous ses hayneux & leur race meschante,
On le verra marcher au milieu des citez
Comme vn soleil leuant vuide d'obscuritez:
Et quand il paroistra au milieu de la plaine,
Lors on admirera sa grandeur souueraine:
Prudence en ses effects, Sapience en son cœur
Le feront dignement appeller le vainqueur:
Bref de toutes vertus il aura iouyssance,
Dont Dieu luy donnera l'entiere cognoissance.

C'eſt doncques icy, où il faut contempler l'affection des ſubiects enuers leurs Princes, c'eſt icy di-ie où il faut voir vne vnion inuincible d'vn royaume auec ſon Roy, & icy eſt vn exemple tres-veritable de la Sentence qui dit, que lors qu'vne Republique eſt conĩointe & liée d'vn lien de concorde, elle eſt inuincible : & lors que le Prince eſt d'accord auec ſes ſubiects, il eſt difficile & impoſſible qu'ils puiſſent tomber en ruine : c'eſt doncques la France qui ſert icy de bon exéple à toutes les autres nations, laquelle, ainſi cóme elle a vn Roy qui la cheriſt & la conſerue, auſſi n'eſt elle oublieuſe de ſouhaiter à iceluy tous biens & honneurs, tant à luy, comme aux ſiens, ſoyent preſens ou aduenir.

Or afin que ceſte eſperance de laquelle ſe reſiouyt la France, ne ſoit point vaine, nous conclurrons, qu'il faut recourir auec prieres à celuy qui nous la donne, à celle fin qu'il multiplie & augméte de iour en iour ſes graces enuers noſtre Roy, & enuers ſon Conſeil, & face par iceluy reluire l'honneur de ſon nom, lequel eſtant adoré en toute humilité, il nous donne vne tranquillité & vn repos qui dure, iuſqu'à-ce que nous arriuions à ceſte plenitude de tous biens qu'il nous a promiſe en ſon fils Ieſus Chriſt,
auquel auecques luy ſoit donné gloire
& louange à iamais.

Amen.

F I N.

www.ingramcontent.com/pod-product-compliance
Lightning Source LLC
LaVergne TN
LVHW010809180726
843502LV00011B/4437